KB261967

물구나무서다

김세영 시집

문학세계사

□ 시인의 말

시인은 이미지 낚시꾼이다.
그것도 야밤에 혼자 가는 밤낚시이니 중독성이 있다.

필자의 경우는 낚아 올린 고기들이 치어에 불과한데도
탁본을 떠서 출품하니 자기도취적이기도 하다.

나의 낚시 바늘에 걸린 고기들,
내게 다가온 느낌과 내가 주운 생각들이
내 장 속에서 소화되어 나온 배설물이 나의 시이다.

냄새가 나지 않게 햇빛에 잘 말려서
쇠똥구리처럼 굴려서 밖에 내어놓는다.
누구네의 퇴비나 아니면 땔감으로라도 쓰이면 좋겠다.

2012년 처서에 겸연쩍은 마음으로   김세영

제1부
탁본 1

심야의 2호선

밤늦은 귀가歸家
흐물흐물한 애벌레처럼
창이 벽이 되는 몸체로 들어가
땅 속을 달린다

꿈의 터널을 뚫는 두더지가
어둠의 속살을 헤치는 박쥐로 진화했다는
옛 이야기를 창의 진동으로 듣는다

철제 껍데기 속의 번데기가
나비로 우화羽化하는 꿈을 꾸다가
한 생의 목적지를 지나쳐버린다

귀에 익은 정거장의 이름이
다시 한 번 잠을 깨울 때까지
인큐베이터 속의 미숙아처럼
잠 속을 달린다

새로운 새벽의 귀가
전생의 기억들로 가득한 조간을 들고
낯설지 않은 집 앞에서 머뭇거린다.

나는 종종 갑상선이 붓는다

아무도 없는 호숫가,
풀밭에 누워 있는 나의 울대뼈 위에
나비 한 마리가 기도하듯
날개를 세워 모으고 앉는다
물안개 속을 헤맨 듯
날개가 축축하고 무거워 보인다

오래 참아 농축된, 밀도 높은 슬픔은
소리로 기화할 겨를도 없이, 바로
눈물로 액화하여 몸을 적시기 때문인지

햇살 좋은 날, 꽃향기 불어와도
미동도 없이 안간힘을 다하여
날개를 세우고 앉아 있는 것은
젖은 날개를 바람에 말리기 위함일 게다

가끔은
그 까닭 모를 슬픔 때문에

날개가 젖는 그를 대신해
소리 내어 울어주느라, 목이 쉬고
날개의 눈물이 울대 속으로 스며들어
갑상선이 퉁퉁 붓는다

나비가 오지 않는 날,
그 까닭 모를 외로움 때문에
나비넥타이를 매고
그가 좋아하는 울음소리로
그를 불러본다

나비는 보지 못하고,
나비넥타이와 갑상선만 보는 사람들은
나를, 오랜 병력의
단순 갑상선 종대 환자로만 알고 있다.

물구나무서다

오랜 강직성 직립으로 체중이 생겨서
머리통이 건기의 물탱크처럼 말라갈 때
알갱이 가라앉은 과즙병을
뒤집어 놓듯 물구나무선다

오줌통을 위로 올리고
염통을 아래로 내리니,
머리통의 물이 시원해지고
눈이 맑아진다
단전의 피가 따듯해지고
하초가 충만해진다

사막의 미어캣처럼 불안한
직립을 하느라 잊고 있던
손바닥 바코드를 땅에 인식시키자
아기 팔뚝 같은 새순이 솟아올라
입술 속으로 천연가스를 불어넣는다

물구나무에 매달린 수많은 목어들이
굳었던 지느러미가 우화하는 날개처럼
다시 부풀어 올라 파닥거린다

물구나무는
물푸레나무처럼 싱그럽고
수초처럼 부드러워진다.

섬이 가라앉고 있어요

남태평양 투발로에서 소식이 왔어요
"섬이 작아지고 있어요"
"섬이 가라앉고 있어요"

파도가 잔잔한 낮에는
수십만의 바닷게가 몰려와서
재깍재깍, 집게다리로
모래톱의 살을 잘라 먹어요

폭풍우 몰아치는 밤에는
쇠갈고리 발톱의 사자가
누우의 등을 공격하듯
방파제의 등살을 물어뜯어요

북태평양 마이도에서 소식을 보냅니다
"마라도에서 이어도 가는 도중,
여기 섬도 작아지고 있어요"
"가라앉고 있어요"

아직 십 년 남짓은
고갱처럼 살 수 있는
조그맣지만 낙원의 섬이지요

부두의 바람개비가 돌아가며
섬의 허벅지살을 샤브샤브처럼
얇게 썰어 바다에 흩뿌려요

언젠가는
살점 모두 잘려나가고
대퇴골만 남은
수중 암초로 남겠지만요

훗날 마이도가 보이지 않으면
"이어도 사나, 이어도 사나" 노래 불러보세요
이어도에서 마파람이 대답하며 불어올게요.

애연가의 변

아직도 담배를 피우는 것은
니코틴 중독 때문이 아니다
해마의 둥지, 측두엽을 갉아먹고
두통을 일으키는 기억의 유충들을
태워버리고 싶기 때문이다

허파꽈리 속에
유충의 잿가루가 쌓여
시화호의 숭어처럼 숨차하면서도
담배를 빨고 있는 것은
어머니 젖꼭지가 그리운
어른아이이기 때문이다

둥지 속 구강시절
부리로 꽃술을 빨아먹던
모유의 기억을 되새김질하며
허물벗기하던 오감시절
입술 속에 불꽃을 꽂아주었던

첫 키스의 기억을 더듬으며

낡은 풀무로 숨가쁘게
가마에 불 지피는 도공처럼
마지막 항아리에 채울
혼령을 불러들이기 위해
가슴 깊이 들이마셨다가
목숨 한 톨 남김없이 불어내어
풍선으로 띄울 것이다.

까마귀 솟대

밤톨별을 따던
장대가 둑방에 꽂혔다
그 꼭대기에
까마귀가 날아와 앉았다

자학에 멍이 든 몸이 잠든 사이
유체이탈遺體離脫한, 나의 까마귀가
야간비행을 하는 전진기지이다

어둠의 눈을 도려내는
은장도 눈매,
저승의 천막을 뚫고 들어갈
화살촉 부리

삼족오三足烏의 후손인
그의 비행속도로 세 시간 거리인
이승과 저승은
서울과 부산처럼 일일 생활권이다

새벽 공기를 휘젓는 날갯소리에
몽유의 산책을 나간다
어둠을 찢는 빛의 발톱을 가진 그가
수천 번이나 허공에 내던진 부메랑처럼
이승의 둥지로 다시 돌아온다

나의 연실이 소진되어, 더 이상
그의 자유의지를 붙들어 둘 수 없는
폐가의 둥지가 될 때까지
그의 습관적 망명의 고백을
넋두리로 중얼거리며
이승의 또 하루를 걸어간다.

잠의 두께

그린란드 빙상 밑에는 12만 년 동안
잠자는 헤르미니모나스 글라시에이*가 있다
두꺼운 잠의 껍질을 녹이는 데
펜실베이니아 주립대 연구소에서 12개월이 걸렸다

안온한 잠 속의 꿈을 빼앗은 것이 아닌가?
극한의 생을 다시 짐 지운 것이 아닌가?

3개월 동안 동안거를 한
다섯 살 동자승이 있었다는 오세암에서,
눈보라 속 극기산행 중
삼 일 동안 암자에 갇혀, 빠져 들어간 잠의 껍질은
설악산 구조대가 녹이는 데는 단지 3분이 걸렸다

안온의 꿈을 꾸기엔 내 잠의 두께가 너무 얇았다

복권 추첨통 속의 공처럼
욕망의 꿈들이 부딪치고 깨어져

내 잠의 껍질은 두꺼워지지 못했다, 때때로
할시온 화학섬유 잠옷을 입고 자야만 했다

쉽사리 과열되는 두개골의 온도를 식히려
북해의 하구에서 밤마다 머리를 감았다.

    ＊ 헤르미니모나스 글라시에이 : 박테리아 이름.

황사 바람 앞에서

고비사막 아래쪽 둔덕에
방풍림이 눈썹처럼 서 있다
기압차가 큰 환절기에는
뇌구腦溝에서 잉태된 바람이
모래바람이 되어, 마른 이마를 할퀴어
군발성 두통을 일으킨다
희뿌연 황사가 흉노처럼 넘어와서
주름살에 걸린 흰자위에 얼룩을 만든다
눈꺼풀을 망원렌즈처럼 치켜 열고 보면
설화 같은 방풍림의 우듬지를 볼 수 있다
적막한 밤에, 스카이 안테나처럼
귀를 곤추세우면 단조短調의 음계를 들을 수 있다
수십 년을 넘게 다녀도 낯설기만 한 길에서
눈물 한 방울도 흘리지 않는
낙타의 발자국 소리일 것이다
건기의 시간이 길어질수록
모래의 살결은 거칠어졌고
사구의 골짜기는 깊어졌다

이마의 황무지는 점점 넓어졌고
웃자란 눈썹은 덤불처럼 거칠어졌다
낡은 엘피판의 홈 같은 눈가의 주름에
눈곱이 끼는 날도 많아졌다
낙타의 마른 울음이
불면의 밤을 밝히는 봉화대처럼
베이산〔北山〕 능선에 밤마다 세워졌다.

손톱

젖니가 일어설 때
세상의 바닥을 딛고 서서
벽에 손가락을 곧추세워, 갈퀴처럼
벽지에 흠집을 내었다

턱받이에 붙은 파리를 잡으려는
고양이의 발톱처럼
누군가의 얼굴을 할퀼지도 몰라
물고기의 등에 꽂히는 작살처럼
식탁 위에 장전된 나의 포크가
누군가의 손등을 찌를지도 몰라

민둥산의 쑥대머리가 된 지금도
마디 굵은 손가락은 늙은 대나무 같아
죽순은 이내 죽창으로 굳어져서
누군가의 목구멍을 찌를지도 몰라

육탈하는 손가락 끝이

두더지 발톱처럼 자라서
밤마다 봉분을 파헤칠지도 몰라
날 선 낫으로 솟아올라
초승달이 궁창穹蒼을 자르듯이
누군가의 가슴살을 벨지도 몰라

주일마다 네일아트 숍에 가서
일주일간 한껏 자란 손톱을
방패 모양으로 다듬고
연꽃과 우슬초 문양을 그렸다
염을 할 때는
손가락에 골무를 씌워야겠다.

스틸컷

동박새 날갯짓에
툭, 모가지째 떨어지는
동백꽃의 마지막 몸짓,

사자의 이빨에
목덜미를 물려 끌려가는
가젤의 마지막 눈빛,

말라버린 건기의 호수에서
바닥을 후벼파다 쓰러진
사막 코끼리의 마지막 눈물,

가쁜 숨을 몰아쉬며
자식의 손을 움켜잡는
아비의 마지막 힘,

움직임을 멈춰버린
생의 마지막 절편들……

영사 빔 속을 날아다니다
살충등에 부딪혀 타버리는
하루살이들의 마지막 불꽃 다비茶毘,

종착역은 아직도 멀었는데
끊어진 철교에서 추락하는
열차의 마지막 모습처럼,

우르르, 쏟아지는 자막을 보면서
항거하듯 일어나지 않는
객석의 마지막 한 사람.

생기 生氣

화장실 타일 벽에
눈곱보다 작은 티끌 하나
붙어 있다, 내가 지구본에 붙어 있듯이

떼려고 손가락을 대니
쪼르르 움직였다, 무생물이
생기의 기적이었다

눈에 보이지도 않는
다리들이 움직인 것이다, 필사적으로
저 코딱지 같은 몸 속에서도
반도체 칩만큼 많은 정보가 움직인 것이다

오늘 하루 나를 움직일
정보를 메뚜기처럼 뜯어먹다
다시 보니, 그의 흔적이 없다
어디로 간 것일까

먼발치에 서서
손끝의 체온도 닿지 않고
소리만 주고받는 사람보다
그의 안부가 궁금하다

내가 그의 이름을 모르듯이, 그도
나의 존재를 모를 테지만
나의 손끝이 그의 옆구리에 닿아서
1 피코그램의 생기를 주고받은 그가
다시 만날 수 없는 그가
몹시 보고 싶다.

바닥에 닿아야

허공에서는 눈물도
추락하는 빗물이다
볼을 타고 흘러
손바닥을 적셔야
비로소 눈물이 된다

수많은 발자국에 패인
길바닥 구덩이에 고여
철버덕거리며 걷는
바짓가랑이를 적시면
빗물도 눈물이 된다

번지점프를 하듯
자궁에서 뛰어내릴 때도
허공에서는 울지 않았다
손바닥에 닿아야, 비로소
첫 울음보를 터뜨리며
강보를 적셨다

토굴을 파던 앞발이
토담을 쌓는 손이 되었던
직립원인의 기적도
가슴 털을 적시는 눈물을 닦으려는
수십만 년 된 기원이었다

자궁 속 흙바닥에
굽은 등뼈가 닿아야
몸 속 깊은 곳, 마지막 눈물방울을
수의의 옷깃으로 닦고
잉카의 미이라처럼
안온의 잠을 품을 수 있다.

안개의 길을 가며

태생적으로 고도근시인 내가
가시거리 2미터 이내의
안개의 길을 간다

허공을 날아가는 용의 어둑한 창자 속이다
안개의 앞길은, 때마다 빛덩어리가 굴러 내려오는
용의 목구멍으로 향하고 있다
뒷길은, 망각의 흙덩어리가 굴러 내려가는
용의 똥구멍으로 빠진다

나의 발바닥은 위 대만부의 주름 위에 서 있다
두 팔을 벌려서 안개의 위벽을 밀쳐내어 영역을 넓히고
크레바스를 건널 때처럼 다리의 보폭을 한껏 벌린다
지나온 길의 낡은 디딤판들을
가야 할 길에 불안스레 옮겨 놓으며
안개의 주름 길 위를 걸어간다

빛의 조각들이 사금파리처럼 박힌 위축성 점막에

반흔조직의 이형성異形性으로 돋아나는 시신경 돌기들을
수만 개의 홑눈 다발로 묶으면
잠자리 눈빛으로 안개의 길을 빠져나갈 수 있을는지

식도로 역류시켜 분출시키지도 못하고
오랜 시간 저류된 기억들이 기저부 구석진 곳에서
씨디(CD)의 트랙처럼 거미줄을 친다
베이스캠프 같은 하늘거미 집을 지을 수 있을는지
무덤 같은 죽은 무당거미의 집을 지을는지 몰라

위산과다로 범람하는 위액 속에 빠져 허우적대다
안개의 뒷길로 휩쓸려 내려가서
안개 설사로 허공 속에 배설될지도 몰라.

식탁 위의 접시도 꿈을 꾼다

내가 품고 다니는 그릇은
壽福 문양이 그려진 사기 접시다

부딪히면 상처받기 쉬워
둘레에 흠집투성이다
불가마 속에서 구운 덕에
상처가 곪지는 않는다

싱크대에서
하루의 잔반을 씻는 저녁에는
가슴이 허전하고,
식기건조대에서
칼잠을 자는 밤에는
옆구리가 시렸다

연주창 앓던 나를 위해, 밤새 고아
어머니가 대접으로 가득 담아주던
그 사골국물,

얕은 접시에 양껏 담을 수 없어
건기의 짐승처럼 언제나
목이 마르고 걸음이 부실했다

노천가든의 전선 위에서
달덩이가 뒤뚱뒤뚱 줄 타는 밤,
살점 뜯기어나가
하현달이 되어가는 호박전,
기우뚱거리는 접시,
비어가는 바닥에 詩를
삐뚤빼뚤 그려 본다

이빨 빠지고, 문양이 바래어
詩 字 문양을 새겼다고
장식대 위에 정좌할 수는 없겠지만
칼잠 속에도 때로는 꿈이 있어
신안 앞바다 속 도자기에
나선 문양으로 코딩된 도공의 혼을
나의 접시에 탁본해본다.

내가 사는 마을

내가 사는 곳에는
꽃을 사랑하는 심성은 같은데
생김새와 말투가 다른 종족들이
친구처럼 적처럼 함께 산다

청포묵 뇌 속에 사는
나비는, 골목길 담벼락 같은 뇌구에
날개를 비비어, 색 비늘로
꿈의 문양을 탁본한다

도토리묵 간 속에 사는
벌은, 간소엽의 이랑마다 담즙의 고랑을 파고
두둑 사이에는 꿀의 도랑을 파서
가나안의 땅을 본뜬다

마을의 꽃길을 걸어가면
피부의 숨구멍이 열리고
알레르기 환자처럼 천식 기침을 하며

수천 마리의 나비와 벌을 방생한다

꽃 속의 날개가 꽃잎 같아서
부럽고 샘이 난 벌은
나비의 애벌레 속에 알을 낳는다

혼혈의 고치벌은
공기를 침으로 반죽하고 삭혀서
시큼떨떠름한 밀랍을 만들어 허파꽈리 집을 짓고
새콤달콤한 생기生氣를 채운다

내가 사는 곳은
목걸이 장식의 몸체는 같으나
끝 모양이 다른 종족들이
언제나 왁자지껄, 알쏭달쏭
함께 살아가는 다문화 거주지역이다.

제2부

탁본 2

낮달

창틀 속의
묵은 습자지 같은
얼굴을 본다

다시 꺼내어 보는
책장의 사물함 속
편지 갈피에 묻어 둔
마른 찔레꽃잎 한 장

바스라질 것만 같아
눈빛으로만 닿아 보는,
네 볼의 감촉을 기억하는
손끝이 아리다

창틀 속에
푸른 세안수가 번지며
분화장이 지워지고
잔주름의 맨얼굴이 보인다

편지 봉투에서 흘러나온
바랜 사진 한 장
눈 그늘이 아슴하다

사라질 것만 같아
마음으로만 닿아 보는,
네 볼의 눈물자국을 기억하는
가슴이 아리다.

바람의 섬

풍도는
바람이 만든 섬이다

달포만 바람이 없어도
암석이 계곡의 숨길을 막아
무기폐처럼 쪼그라든 섬은
물 속에 가라앉는다

익사 직전의 섬을
바람은 심폐소생술로
가슴에 바람을 불어넣어
부레처럼 물 위로 다시 띄운다

수중 암초가 되지 않으려고
바람이 떠나지 못하도록
바람의 유혹에 망설이지 않고
풍도는 입술과 가슴을 내어 놓는다

풍랑이 심하여 하룻밤을 묵으면
바람이 사정한 꽃향기에 취하여
섬은 공중부양한다

풍도는
적운積雲 위에 놓인
바람꽃으로 장식한 달의 침상이다.

공명의 꽃

그의 발소리가
길가의 풀섶을 스치면
라디오 안테나를 뽑아 올리듯
귓바퀴를 높이 세운다

그의 심장소리가
대문을 두드리면
앵솔랑스 퍼퓸을
심실의 욕조에 뿌린다

그의 숨소리가
고압 증기로 눈 속으로 들어오면
안압이 오르고 망막이 부풀어
박쥐처럼 눈이 퇴화된다

꽃잎을 애무하듯
귓구멍으로 들어온
그의 목소리가

달팽이관 속에서 팽창한다

그가 천장에 설치한
롤러코스트를 타고 달리면
반고리관 속을 뒹구는 이석들이
아찔한 소리를 지른다

카주라호의 조각들을
톤암의 손가락으로 더듬으며
눈 감고 탑을 돌 때처럼
농익은 소리가 겹겹의 꽃잎이 되어
온몸을 감싼다

공명의 꽃 속에 갇힌
붉은가슴벌새가
제자리 날갯짓으로 부리를 박고
꽃잎처럼 떨고 있다.

파블로프의 식탁

도톰한 입술을 상추에 싸서 먹을 때처럼
입을 짜악 벌려서 식탁 위에 올려놓았다
목젖에다 소시지를 달아 놓으니
그녀의 흰쥐가 살금살금 들어와서 미끼를 덥석 물었다
철커덕 쥐틀의 문이 닫혔다
겁을 먹고 웅크린 등을 혀로 애무해 주었다
비명소리가 간지러운 웃음소리로 바뀐 후에야 방면해
주었다

황소개구리처럼 벌린 입을 식탁에 올려놓고
올챙이 한 마리를 목젖에 달아 놓았다
그녀의 물뱀이 둥지 속의 알을 훔치듯이
와락 달려들어 삼켜 버렸다
불룩해진 몸을 혓바닥 위에서 똬리 틀고
나의 입천장을 구석구석 핥았다
간지럼을 참지 못하고 접시 위에 울컥 뱉어 놓았다

사냥에 지친 상어처럼 조용한,

전쟁이 끝난 노르망디 해안 같은,
아무 미끼도 매달지 않은 입을 식탁에 올려놓았다
시드니의 텅 빈 오페라 하우스 같았다
그녀의 유령이 허기진 바람처럼 들어와, 목젖을 잡고
허겁지겁, 숟가락질하듯 흔들었다

나의 목젖이 경련하며 피리소리를 내었다
그녀의 목줄 속의 떨판이 공명을 시작했다
마술피리의, 밤의 여왕처럼
천상의 새처럼, 그녀가 아리아를 불렀다
식탁 위의 흰쥐가 등을 곧추세워 탭댄스를 추고
접시 위의 물뱀이 긴 배를 드러내고 밸리댄스를 추었
다
이승에서의 최후의 만찬일지라도 좋았다.

라일락 언덕길

몽유의 강을 표류하던
스무 살 즈음의 봄밤

라일락, 그 독한 향기가
유성우流星雨로 쏟아지던
천마산 자갈 언덕길을
야간 산행하는 두꺼비들,
헐떡거리며 기어 올라갔다

구원의 등대 같은
붉은 등의 언덕의 집에서
배멀미로 밤을 새우며
몽정 같은 설사를 하였다

아침 햇살처럼
눈 따가운 알코올 소독수가
상처 난 보도블록 위로 쏟아지던
완월동玩月洞 가파른 언덕길을

이제는, 그 라일락 향기
가뭇없이 사라져 버렸지만
자메뷰* 걸린 늙은 수캐,
킁킁거리며 언덕길을 올라간다.

* 자메뷰(jamais vu) : 이전에 경험했던 상황을 마치 처음
  경험하는 것같이 느끼는 현상.

블랙커피를 마시며

나의 모닝커피에는
설탕을 타지 않는다

날마다 마시는 세상의 물은
담즙보다 더 쓰지 않더냐?

혀의 유두를 소태껍질로 문질러야
개미핥기의 혀가 개미탑을 파헤치듯이
세상의 길바닥에서
단맛 알갱이를 캘 수 있지 않겠느냐?

나의 이브닝커피에는
프림을 타지 않는다

저물녘 숲속의 나무들 틈 사이는
인도 흑단보다 더 어둡고 촘촘하지 않더냐?

덤불 속 땅굴로 들어가는 뱀

갈퀴 혀처럼 어둠에 익숙해야
저녁 숲길을 두려움 없이
혼자 갈 수 있지 않겠느냐?

눈도 뜨지 못하는 사슴 새끼가
어미 가슴의 젖꼭지를 찾듯이
그대의 캄캄한 입 속에서
사탕무 뿌리를 캐기 위함이다.

중독된 자해

유리창 위를
검은 강이 손을 흔들며
뒷걸음으로 걸어간다

물안개처럼 깔린
담배 연기 때문에
기침하는 강을 위하여
손바닥 위에 촛불을 켠다

창에 얼룩져 있는
입술의 향기를 지우려,
창가의 벽에 매달린 채
오랜 그늘 속에서 마른 꽃잎들을
촛불에 태운다

아물지 않는
상처의 농처럼
뜨거운 촛농이 흘러서

손바닥을 지진다

내 손에 안겨서
사후경직되는 기억들을
창 위에 멈춰 선 검은 강의
손에 넘겨준다

오늘도 수장을 하면서
강물에 손을 씻으면,
화상 반흔이 하나 더
손금에 꿰어진 것을
염주처럼 만져본다.

시월의 풍선

마당에서 거풍을 하려고
돗자리를 펴고
돛단배처럼 눕는다

이웃집 옥상에
노란 원피스를 입은
풍선이 서 있다
곡선이 매끄러운
실크 천이다

손을 미끼로 달아 낚싯대를 던진다
풍선의 왼쪽 반구를 쥐어 본다
월척처럼 손바닥을 가득 채우고도 남는다
오른쪽 반구를 만져 본다
황복의 배처럼 말랑말랑하다

유년의 장대 끝에
탯줄로 매단 구강시기의 입을

원피스 속 고요의 바다*에 담근다
허기진 아귀처럼
수초 속을 헤맨다
히기누스** 계곡을 거슬러 올라
태반의 흔적을 찾아서
크레이트*** 속을 몽유한다

바람에 뒤집힐 듯 기우뚱거리며
번뜩이는 장검을 보고
노란 풍선이 터뜨리는 비명소리에
몽유의 벼랑길에서 떨어져
잠시 동안
반인반어半人半漁의 알몸으로
달빛 팅기며 버둥거린다.

*,**,*** : 달 표면의 지형들.

부부

수많은 불면의 그믐달을
식어버린 체액으로 담금질한 칼로
가슴살을 베는 싸움을 했다

삼십 년간 몸을 섞어
샴쌍둥이처럼 붙은 부위들을 모두 자르고
피딱지가 엉겨 붙은 등짝을 맞대고
적의마저 지쳐서 잤다

아내가 소변을 보려고 일어나는 기척에 깼다
자르지 못한 인연의 끈을 당겨서
상처 난 어깨에 이불을 덮어주었다
숨소리를 죽이고 잠든 척했다

가슴살 뭉툭 잘려나간
상처의 출혈을
베개로 꾹꾹 눌려 지혈하고
아픔을 참았다

마주 댄 상처의 살이 돋아 다시 붙으면
오래 전 운동회 때처럼 다시
이인삼각으로 걸어가야 할게다
백년전쟁의 종전 없는 휴전을 했다

살아온 세월만큼 깊은
늪에서는 진검승부도, 언제나
애꿎은 꽃대의 목만 자르고 말았다
꽃밭만 성글어 갔다.

재회

모래시계 속의 길목을 지나다가
모래 알갱이처럼 마주친 그녀
이제는 낯설게도 보이는
가슴팍의 모래 산 사이로
시퍼런 강물이 흐르고 있다

모래톱 위의 사금파리가
깨어진 기억들을 반사하고 있다
머리채 그늘 드리워진 강변에는
낡은 태엽시계가, 그 어느 날의
녹슨 기억들을 끌어안고 정지해 있다

강을 거슬러 올라가다 죽은 해마들
체액이 푸른 독이 되어 흐를지라도
건너야 할 외줄다리이기에
오랜 건기의 그리움 때문에
목이 긴 들숨의 빨대로, 단숨에
강물을 들이마신다

세월에 농삭은 강물은
걸쭉한 눈물방울로 굳어
비강과 목젖에 걸린다
자학적인 위산의 역류로 협착된
식도에 걸려버린다
사막의 강이 되어버린 마른 강바닥을
이제는 적시지 못한다.

겨울 산에는 산불이 잦다

겨울 산의 나무는
유황 바른 나신 같다
바람의 가벼운 애무에도
피부가 시커멓게 탄다

겨울밤의 나무는
배꼽 속에 잿불이 가득하여
뜨거운 먹물을 듬뿍 찍은 붓 같다
그래서 겨울 숲의 어둠은 무덥다

통나무집 발코니에 서 있는 백랍나무
숲에서 나온 바람의 입김에
그녀의 귓불이 상기된다

백랍애벌레가 뜨거운 체액으로
목덜미를 애무하자, 눈빛으로 점화되어
얼굴은 만개한 불꽃이 된다

젖가슴에서 분출한 촛농이
용암처럼 아랫도리로 흘러내리고
자궁 속의 불꽃씨가 폭죽처럼 터진다

통나무 불꽃가마 속의 그녀
미소를 머금은 채
다비茶毘하는 등신 같다.

마늘장아찌 담그기

그녀가 동굴 속에서
보시하듯 던져주는 마늘을, 허겁지겁
생으로 먹으려고 껍질을 깐다
희고 반들반들한 속살이 드러난다

손가락이 아리고 따갑다
며칠간 손가락 감각이 없다
손가락 피부가 벗겨진다
너덜거리는 표피의 잔해 때문에
거친 스킨쉽을 거부한다

인사동에 술집이 많은 이유를 알겠다
홧김에 소주와 삼겹살과 함께
생마늘을 씹어 먹는다
혓바닥이 따갑다
속이 쓰리고 아린다

동굴 속에서 스무하루 동안
마늘과 쑥만 먹고 견딘

웅녀의 자손인 그녀의 마늘은
장액漿液에 삭혀서 먹어야 함을
매운 눈물 흘리며 깨우친다

그녀의 심실 속에서
혈장으로 삭힌 마늘들이
동굴의 흙 속에서 숙성되어갈 때
둥지 속의 알을 훔치는 능구렁이처럼
슬그머니 혓바닥으로 보쌈해서
입 속 무논에 쟁인다

짭조름하고 알싸하게 곰삭은 냄새가
입 속에 물안개로 가득한 날,
혓바닥 위에 안개꽃으로 돋아나는
흰 밥알 같은 시말들,

입술을 새 주둥이처럼 내밀고
노래가 되는지
후― 휘파람을 불어본다.

겨울 미나리가 되다

얼음 못이 박힌 미나리꽝에
맨발로 들어간다
입술이 시퍼렇도록
종아리 걷고 선다

극기의 담금질에 야위어 가는
해마海馬*의 눈시울이 아직은
따뜻하고 촉촉하다

이지러져 가는 달을,
마지막 건네받은 체온의 손으로
심장을 짜듯 움켜쥔다

유리잔처럼 깨어져서 손가락이 베인다
검은 피가 뚝뚝 떨어져, 손바닥에 쏟아진
달 셔벗** 위에 건포도처럼 박힌다

온몸을 얼려가는

저 녹색 뱀들!
낫처럼 고개 치켜들고
노려보며 에워싼다

냉혈의 몸통을 채찍처럼 후려쳐서
무논에 빠진 심장을 담금질한다
심실의 유두근에 상처를 내는
사금파리가 바스러질 때까지

시퍼렇게 멍든
빈 관의 몸통 속
수은주가 가파르게 떨어진다

냉각수에 담긴 이식 심장처럼
모조리 사혈瀉血하라고
새로운 피로 언젠가
다시 뜨거워질 수 있을 것이라는
생각마저 버리라고.

＊ 대뇌피질 속 변연계에 있는 신경세포 다발이며, 단기 기억을 저장하는 장소일 뿐만 아니라, 단기 기억을 장기 기억으로 만드는 데 핵심적인 역할을 한다.

＊＊ 과즙에 물, 우유, 크림, 설탕 따위를 넣고 잘 섞어서 얼려 굳힌 얼음과일음료를 일컫는데, 페르시아어 샤르바트(sharbat)에서 유래했다. 백희나의 창작동화 『달 샤베트』에서 원용.

제3부
탁본 3

아침 바닷가에서

C단조의 둔중한,
눈부신 4연발 포성이
눈 속으로 날아 들어왔다

붉은 말발굽들이
수십억의 물방울을 일으키며
심장 속으로 달려들었다

간밤의 산통에 지친
태반처럼 널브러진
만조의 해변으로
심장에서 뻗어 나온
네 개의 동맥으로 뛰어나갔다

갓 태어난 불가사리들이
아직도 뜨거운 별의 습성을
전생의 족적인 듯이
발바닥에 각인시켰다

새벽별 하나가
혼불 한 조각을 화살촉에 붙여
후생의 징표인 듯이
나의 눈 속으로 쏘았다.

쥐 떼

아직도 삭지 않고 씹히는
입 속의 돌을 천장에 뱉는다
물수제비 파문이 일어나듯
우르르, 쥐 떼가 몰려나온다

비릿한 냄새를 풍기는 빈 포장지가
구석구석에 쌓여 있기 때문인지
가슴판이 울렁거리고, 등판이 가렵다
거친 손톱의 효자손으로 핏줄이 서도록 긁는다

출렁다리를 건너듯, 조심조심
천장의 문양文樣을 따라 흐르는 수면 뇌파를
쥐 떼가 몰려가며 헝클어뜨린다

쥐틀을 놓을까
고양이를 키울까

죽비로 제 잔등이를 후려치는

화엄사의 선승처럼
효자손으로 천장을 두들기어
다스리며 함께 살까

이제는 그들의 집이기도 하니
인도의 고행승처럼
거두어 함께 살까.

꼬리뼈

오늘 아침 잠자리에서
첫 방귀와 함께, 뼛조각 하나
툭, 튀어나왔다
언젠가 아침 첫 배뇨와 함께
빠져나온 결석과 비슷하다

바닥에 닿을 때마다 통증을 일으키던
꼬리뼈 한 조각이
텔로미어*처럼 떨어져 나온 것이다
도마뱀의 꼬리는 잘려도 다시 자란다지만
나의 꼬리뼈는 하루하루 짧아지고 있다

꼬리뼈 조각이 떨어져 나갈 때마다
바람 든 무처럼
등뼈에 구멍들이 숭숭 생겼다

꼬리뼈가 점점 짧아져서
부처처럼 정좌해도 더 이상

엉치를 아프게 찌르지도 않는데,
그토록 부러워하던 새의 등뼈처럼 가벼워져
마파람만 불면 날아다닐 수 있을 것 같은데,

등 기댈 곳 없어
멀어지는 방패연처럼
마음 허전해지는 것은 왜일까?

* 세포분열이 일어나는 동안에 염색체와 DNA를 복제하는
 효소가 있는 염색체의 끝부분으로서, 여러 차례의 세포
 분열을 하면서 대부분의 텔로미어 DNA가 손실되면 세
 포는 세포분열을 멈추게 된다.

그늘의 항쟁

붉은 근육의 군대가 쓰나미처럼 침략해 온다
해안 방어선이 새벽안개처럼 무너진다
검은 눈의 군대는 숲의 요새로 퇴각한다
밤새도록 가슴으로 빛을 삭혀
하얗게 바랜 새벽달이, 도려낸 유방처럼
공수부대의 구둣발에 짓밟혀 희미해진다
천안문 광장의 사나이처럼
진군을 막아서는 길고양이를, 붉은 전차가
쥐포처럼 뭉개어 버린다

도시는 점점 열기로 팽창하고
피부가 흰 사람들은 땡볕의 노역이 두려워
꿈의 떡잎을 키울 물과 공기를 찾아서
숲이 있는 교외로 피난을 간다
용감한 그늘의 수호자들은
빌딩의 방호진지 속에서
저항하는 도시 게릴라가 된다
파열된 근육들이 해안에 쌓여

피범벅이 된 썰물로 퇴각할 때까지
산의 그림자 군대가 저벅저벅 내려와서
땅 위의 핏자국을 검정 지우개로 지워 나간다

끝없는 날들의 전쟁 속에서도
어린 새들은 숲의 노래를 부르고
능선의 침엽수들은 그늘의 철조망을 다시 구축한다
밤의 계곡에서, 그늘은 현무암 벽돌로 굳어져서
숲의 성벽은 밤마다 다시 견고해진다.

선지 해장국을 먹으며

홍수 난 강처럼
바닥의 숙변까지 쓸어내 버린
대장내시경 검사를 한 후
오랜 단골인, 골목 안
선지 해장국 집을 찾아갔다

뚝배기를 두 손으로 감싸들면
투박한 질감이 샌드페이퍼처럼
강물의 속도를 늦춘다
묵직한 중량이 닻처럼
떠내려가는 배를 붙들어맨다

뚝배기 속을 들여다보면
목청껏, 울대를
한 번 흔들어 보지 못하고
선지처럼 굳어 버린
오래된 목소리가
해어진 강바닥을 덮고 있다

뚝배기 속을 파내고
붉은 진흙으로 다진
딱따구리 둥지 같은
내 몸 속의 오지그릇에
뜨거운 선지를 가득 채운다

뚜벅뚜벅
해거름의 서쪽으로
수혈받은 황소가
만적滿積한 강물 수레를 끌고
어둑한 강바닥을 걸어간다.

번데기

여린 속살에 묻힌
따뜻한 체온의 꿈을 감싸는
두터운 껍질의 방에 갇혀
방 밖에서는 하루도 살지 못하는,
나뭇가지에 매달린 시계추처럼
내 몸이 산다

초 단위로 촘촘히
패널이 세워진 시간판 위를
바람에 흔들리며 맴을 돌다
이석증耳石症이 생긴 회전목마처럼
내 생이 돈다

방 속의 어둠을 다 먹고서야
허물을 벗고 나방이 되어
젖은 날개를 펼쳐서
꿈의 하늘을 날 수 있다는
바람의 유혹을 믿고

본태성 어지럼증을 견디며
내 혼이 머문다

나방이 버리고 간
빈 껍질의 방에 적힌
비문의 얼룩이 없어도
바람을 흔들어보는 몸짓,
먼 별빛 같은 파동의 흔적,
꿈 속의 꿈 같은 기억으로 족하다
잠시 설레다 사라져도.

유언遺言

들판에서 번개를 맞으면
하늘의 백성인 옛사람들은
천벌을 받았다고 믿었다

길을 가다가 돌팔매를 맞으면
63빌딩 옥상에서, 얼굴을 가린 누군가
저주의 혀를 당겨 쏜 돌에 맞은 것이라고
요즘 사람들은 생각한다

번개에 맞아 죽으면,
티베트 고원에 곧추서 있는 대추나무
밑둥치에 뼛가루를 뿌려달라고
유언을 써 놓았다
히말라야 산맥을 넘어가는 인도기러기가
독수리에게 보여줄 벽조목霹棗木이 되겠다고

돌팔매에 맞아 죽으면,
머리통에 고인 피 한 바가지를

적송 밑둥치에 뿌려달라고 써 놓았다
달동네 비탈길의 구부정한 등판들
묵정밭 같은 지붕을 받치는 척추뼈로
다시 한 생을 살고 싶다고

용케, 번개도 돌에도 맞지 않고,
오랫동안 마음 아리다, 가슴에
상처딱지가 닥지닥지 생겨 죽으면
뒷산 굴참나무 밑둥치에 뼛가루를 뿌려달라고,
산누에나방 애벌레가 몸 붙이고 사는
참나무 껍질로 돋아나서
오크통 속 정령의 몸체로 살고 싶다고.

일몰에 사무치다

해그름의 불덩이가
가슴살을 태우며 파고든다

심장이 관통된
대왕고래가 몸부림치며
피를 뿜어낸다

불기둥이
해저를 뚫은 듯
해일이 인다

전율하는 벼랑 위
수천의 동백꽃들이
망설임 없이, 몸을 던진다
손아귀에 움켜쥔 마지막 살점들을
일몰의 번제에 던진다

고수레로 던져진

꽃덩이와 살덩이들에 사레든 듯
귀항하는 배들이 질식에 빠진다

먹물 번지듯
적막의 카펫이
꽃지해변에 펼쳐지고,
그 위 안치된 귀선들을
레퀴엠의 휘장이 덮는다

안면도가
아득한 잠 속에 가라앉는다.

달팽이의 길

삭지 않는 기억들로 배앓이하다가
꼬인 장을 백팩 속에 쓸어 담고
길을 나선다

온몸을 비틀고 꼬며 넘어가는
시간의 눈금이 성글어
길 위의 여행이 멀고 힘겹다

언제나 혼자라는 것을 잊기 위해
자기최면의 자위행위를 하다
점차 중독이 되어갔다
오르가슴의 궤적은 느리지만
둑길처럼 두텁고 끈적하여
폭우에도 몸을 붙인다

밤이슬 서늘한
길 위의 노숙자에겐
슬리핑백은 몸에 꼭 맞는 집이 된다

혼자만의 체온으로 침실의 불을 켜고
여린 잎사귀의 꿈을 먹는다

길 위의 여행이 끝나는 곳에서
문을 잠그면
먼 시간의 여행길 위에서
돌멩이처럼
굴러가는 무덤이 된다.

본다〔觀〕

몸통을 본다
몸짓을 본다

망막 위에 거꾸로 선
모래언덕 위 신기루 같은
허상虛像을 본다

눈빛의 주파수에 공조하는
인연의 채널을 따라
동굴 속의 붉은박쥐처럼
안와眼窩 속으로 들어간다

몸통 속에 가부좌로 앉은 속내를 본다
몸짓들을 염주로 꿰고 흐르는 생기生氣를 본다

뇌수에 뿌리내리고 선
뇌실腦室 속의 수련 같은
실상實相을 본다

뇌신경교차腦神經交叉에 왼발을 딛고
뇌량腦梁 위에 벙어리처럼 걸터앉은
반가사유의 아우라 같은
혼령을 본다

나의 심장에서 분출된 파동波動이
그대의 심실心室 속 깊이 사무치고
뇌구腦溝 골짜기마다 공명으로 퍼지면
정수리 위에서 솟아오르는
오로라 같은, 그대의
본체本體를 본다.

마음 밭

바람 소슬한 날
명성산에 올라갔다

산길을 걸으면서
사각거리는 소리가 나길래
오랫동안 장롱 속에서 접혀 있었던 바지
가랑이가 부딪히는 소리인 줄 알았다

돌계단을 오르내리면서
바각거리는 소리가 나길래
연골판이 닳은 무릎
뼈가 부딪히는 소리인 줄 알았다

머릿발 희끗희끗한 수만의 억새들
넘어지고, 다시 일어서고
몽돌해안의 파도처럼 달려와
가슴팍을 두드렸다

억새밭이 보이지도 않는
등산 초입에 내려와서도
허파꽈리들이 이삭처럼 일렁이어
억새풀 알레르기인 듯 헛기침이 나고
둥 둥, 자명고처럼
가슴판이 울렸다

비포장 국도를 달리는
귀가 차 안에서도
사각사각 바각바각
귀에 익은 소리를 내며
자갈들이 귓바퀴에 부딪혔다

그래, 멀리서 보니
쓸쓸한 기억들도 무리지어 있으면
아름다운 장관이 되는구나.

생존

배추 애벌레 한 마리
아지랑이 감고 뒹굴어
솜사탕처럼 부푸는 날

중앙선을 넘어와
역주행하는 자동차처럼
달려드는 사마귀

배춧잎을 할퀴며
짧은 시간의 스키드 마크*가 생기고
터지는 에어백처럼
작은 공간의 파열이 일어난다

날카로운 이빨로 뜯어낸
애벌레의 속살 덩어리
햇살 꼬챙이에 꽂힌
새 가슴살 꼬치 같다

구멍난 배춧잎은
밀가루 반죽의 흔적만 남은
텅 빈 풀빵 틀 같다

애벌레의 체취를
기포 속에 간직한 아지랑이
배추 잎맥에 꿰인 사마귀의 긴 그림자
까마귀의 한바탕 날갯짓에 흩어진다

검은 마침표 하나
푸른 하늘 속으로 사라지고
다시 조용해지는
어느 따뜻한, 꿈 같은 봄날.

* 스키드 마크 : skid mark

고래 생각

오늘 아침 신문에 두 기사가 눈에 띄었다
"귀신고래 일가족이 장생포 해변에 올라와서 떼죽음을
당했다"
"고향 선산에 성묘 가던 일가족이 교통사고로 모두 사
망했다"

해변에 누워 있는 시커먼 바위 같은 고래들 사진이 실
려 있었다
소인왕국에 온 대인 같았다
삼대가 살았던 식구 많은 외가댁
안채 사랑채 행랑채, 연이은 기와지붕이 생각났다
장딴지 같은 팔뚝, 시커먼 등짝의 아저씨와
출렁이는 가슴 큰 아주머니가 장사하던
역전 시장 생선가게가 생각났다
상자 위에는 고래가 가득했고
바닥에는 바다 냄새가 흥건했다

향유고래보다 훨씬 큰

거대한 흰 개미탑 같은 빌딩들
천만 명이 넘는 식구가 사는 서울에는
고래를 만날 수 있는 곳은 몇 군데만
조그맣게 동화로 남아 있다

동해 먼 바다로 나가도
고래 보기가 산삼 보기만큼 어렵다 하니
흰 물기둥을 보면 심 봤다고 소리쳐야겠다
아무리 덩치가 커도
아무리 키가 커도
고래가 없는 바다라면
대양이라고 어찌 부를 수 있겠나

이번 일요일에는
울산시 장생포동에서
울주군 대곡리 반구대까지
맨발로 걸어가야겠다
고래가 다스리던 대양의 신화를

흙 속에서 만 년 묵은 고래 생각을
발바닥으로 읽어보아야겠다.

상像

마지막 까치밥 하나,
살점 뜯기어나간 가젤처럼
감나무 가지에 매달려 있다

달빛을 흠뻑 찍은
바람의 일필휘지 지나가자
수직의 획 하나 베어지고
그 틈 사이로 운석처럼 떨어진다

빛덩이로 맺혀 있었던 빈 자리에
어둠이 먹물처럼 번져서, 순식간에
관 위에 흙을 덮듯이 채워버리고
익상편처럼 떠다니는 잔상의 꺼풀들이
먹물에 젖어 구덩이 속에 묻힌다

아침 요기하려 나온 까치 한 마리
잠시, 곡하며 맴을 돌다가
되살아나는 달을 기억하는 듯
새로운 감나무를 찾아 날아간다.

제4부

탁본 4

눈 오는 날

쌀가루 반죽 이겨서
시루에 찌시던
어머니, 손처럼 따뜻하다

새로 맞추시어
백설기 잡수시던
어머니, 의치처럼 환하다

설날 성묘 가시며
솜버선 신으신
어머니, 발자국 소리가 난다

고샅길 나뭇가지 위
까치 날갯짓에 눈가루 흩날리어
어머니, 박하분 향내가 난다

눈 내리는 소리 따라
그날처럼 산길 오르니

마른 풀숲에 쌓인 눈송이가
어머니, 뼛가루 같네요

저 눈 다 덮어쓰고
눈사람처럼 서 있어도
어머니, 누군지 아시겠지요.

밤낚시

집어등을 단 배를 타고
부드러운 물살을 더듬으며
호수 한가운데로 들어간다

호수의 배꼽에 귀를 대어보고
밀어들이 지나다니는 길목에
소나*를 매단 낚싯줄을 던져 넣고서
낚싯대의 팽팽한 긴장을 느껴본다

손끝에 전해오는 짜릿한 입질
허공에 치솟았다가
뱃바닥 위에서 번뜩거리는
싱싱한 소리의 몸체

나의 배 위에 올려놓고
지그시 눌려서 탁본해 본다

등불에 비치는

감미로운 등 무늬
불립문자不立文字로만 드러내 보이는
호수의 속내

어릴 적 우물 속 울림을 즐기듯
머리를 담그고 들여다보는 호수가
피오르드** 협만의 바다처럼
오늘밤, 더욱 깊고 아득하다.

* 소나(sonar) : 음파탐지기(音波探知機).
** 피오르드(fiord) : 협만(峽灣), 바닷물이 내륙 깊숙이
　　들어와 형성된 너비가 좁고 긴 만.

나의 사랑니

8월의 끝가지에 매달려서
매미, 애끓게 울던 날
잇몸 속에 갇혀서
누구의 혀, 한 번 깨물어보지 못하고
사랑니, 속앓이했다

사랑니 앓는 소리에
개미핥기처럼 다가온 그녀
숨소리는 뜨거운 태풍이었다
진공청소기 혀가
입 속의 개미들을 핥으며 들어왔다
미처 깨물 사이도 없이
뿌리째 뽑힌 사랑니가
허파꽈리 속으로 빨려들어갔다

한여름 물장구치며 놀던
송아지 떠내려가는 개천가에서
어미의 치맛자락 속을 파고들며 울던

벌거벗은 그 아이를 쫓아서
마을을 뒤덮은 먹구름 치마 속으로
태풍의 자궁 속으로 온몸 빨려들어갔다

태풍이 허물을 벗으려 날아간 곳은
사하라 사막 그 어느 곳
생텍쥐페리가 불시착한 곳이었다, 그녀는
자궁 속의 양수를 뿌려서
오아시스 나라를 세웠다
어린왕자가 살다 묻힌 그곳에
나의 사랑니는
고인돌이 되어 서 있었다

지금도 매미 우는 8월이면
사랑니가 있던 빈 잇몸자리에서
태풍의 흔적을
혀끝으로 더듬어본다.

대청호의 수련

　　　　　— 가슴 속에 수장된 것은 눈 감으면 보인다

척추 디스크 아내의 허리가 아파서 집안 청소를 했다
안방 화장대 밑, 침대 아래, 거실 장식대 밑, 식탁 아래
무릎 꿇고 엎드려서 삼천 배 하듯 걸레질을 했다

걸레를 뒤집어 펼쳐 보니 대청호 관광기념이란 글이
보였다
몇 년 동안 나의 몸을 닦아주던, 연꽃 무늬의 타월이었
다
다용도실 대야에 더럽혀진 걸레를 던져놓고
세제를 한 스푼 뿌리고 수돗물을 틀었다

오리가 노닐던 냇가의 찻집,
서서히 물에 잠기는, 녹색 지붕 위의 흰 찻잔,
거룻배를 타고 낚시하던, 회남면* 저수지의 수련,
젖은 귀밑머리 아래, 볼이 연꽃잎처럼 하얀 그녀,
들이치는 물살에 갈맷빛 치마가 연잎처럼 펼쳐졌다

입질하는 붕어처럼 떠오르는 기억들이
거품처럼 대야를 넘쳐 흘렀다
묵은 땟물이 나오지 않을 때까지 씻고 또 씻었다
보풀이 일고 해어졌다
솜털 보송보송한 세면 타월을 사러,
대청호에 다시 가야 할 것 같다

청소를 마치고 침대에 누워 눈을 감는다
세탁기 급수조의 물 차오르는 소리가 온 방 가득 찬다
둥둥, 내 몸이 연잎 위에 누워 떠다닌다
둥둥, 흰 연꽃이 배꼽에서 솟아올라 떠다닌다
둥둥, 붉은 연꽃이 가슴에서 솟아올라 떠다닌다
둥둥, 꽃잎들이 바람에 날려, 하늘 위로 떠다닌다.

* 회남면 : 대청호가 조성되어 많은 평야지역이 수몰됐다.

고향의 목련

— 오래 묵은 꽃씨도 착상이 된다

사춘기를 나와 같이 시작한 목련,
마을의 산들이 네 번이나 허물을 벗었는데도
고향마을 우물터를 아직도 지키고 있다

나의 이마에 여드름이 솟아오를 때
그녀의 가슴도 봉긋하게 솟아올랐다
나의 다리와 뿌리는 튼실해졌고
그녀의 팔과 잎은 무성해졌다
목련 향기가 밤안개처럼 희뿌옇게 피어오르면
나는 우물 속에다 몽정을 하곤 하였다
꼭두새벽 우물터로 달려가서 두레박질하여
꽃 향수 우물물로 몸을 씻었다

방류한 꽃향기 치어들이
수양버들 헤집는 냇물로 흘러갔었다
세상을 떠돌다, 귀향하는 연어들,

입춘의 햇살에 아릿해지는 가슴지느러미,
그루터기의 눈 녹은 물 튀기며
푸드덕, 사타구니까지 뛰어올랐다

수년 전 이웃 마을에 생수공장이 생긴 후
폐경기의 그녀처럼 우물이 마르기 시작했다
꽃을 피우려고 몸단장하는 그녀,
피부는 까칠해지고 가슴은 야위었다
마른 등을 두 팔로 감싸안으니
심장의 박동이 물레방아처럼 가슴을 찧는다

목련꽃 피는 봄밤, 우물가에서
오금이 쑤시던 옛 고향 친구들과 오늘밤엔
우리들의 켄터베리 이야기로 밤을 새워야겠다.

입동

잠결에 나의 손을 끌어다
가슴팍에 올린다
묵정밭 같다

딱딱하게 말라버린
이랑이 만져진다
고랑에 떨어진
보리 씨앗이 화석 같다

성근 바자울 같은
갈비뼈에서 바람이 인다

문풍지처럼 떠는
늑막의 구멍을 막고 있는
손가락 사이로, 빠져나오는
숨소리가 표창이 되어
가슴살을 찌른다

입동의 빈 들녘,
홀로 선 허수아비처럼
겨울나기는 언제나 두려운지
가슴 위에 움켜잡은 손을
밤새도록 놓지 않는다.

홍어

흑산도 가는 길목에서
오랜 기다림에 지친 그물 속으로
그녀가 들어왔다

손아귀를 빠져나가려는
저항의 몸부림,
아스팔트 위에서 뒹구는
꿩매기처럼 파닥거렸다

내실의 수족관에
그녀의 거처를 마련했다
황새의 날갯짓 같은
유영의 몸짓을 보면서, 날마다
내 살 속의 마크로파지*가
점차 식욕의 본능을 상실했다

— 하나의 살이 다른 살 속으로
영혼처럼 스며들기 위해서는

살을 식초처럼 삭혀야 했다 —

수족관의 수초 속에 놓인
항아리 속으로 그녀가 들어가서
토굴 속의 웅녀처럼 나오지 않았다

짚과 소금을 항아리에 넣고 제를 올렸다
49제의 마지막 날,
돌아온 그녀의 넋에
홍탁삼합을 올렸다

폐부 깊숙이 파고드는
삭힌 혼의 체취!

월식의 밤에
하나의 혼이 다른 혼으로
주술처럼 스며들듯이
그녀의 붉은 살점이 살구식초처럼

나의 살 속으로 스며들었다

에테르의 연무 같은
오르가슴의 늪에 빠졌다.

    * 면역을 담당하는 식균세포.

빨래

몽돌해변을 바라보면
겨우내 입어서 찌든 내의를
빨래판에 쉴새없이 문지르는
어머니의 흰 손이 보인다

오십 년 넘게 입고 다녀
때에 절고 해어진 속내를
누가 빨아주겠는가

몽돌해변에
눈을 감고 누워서
늑골판에 속내의를 문지르는
마디진 손가락을 온종일 느껴본다

젖은 내의를 입은 채
곰솔 숲길을 걸어가면
어머니 미소 같은 햇살이
솔잎을 흔들듯 말려준다.

김장을 담으며

펀치볼 마을에서 재배한
고랭지 배추가 김장용으로 들어왔다

양념을 버무리는 아줌마
엉덩이처럼 푸짐한 배추
볼기짝을 쩌억 쪼개어
꽃잎 같은 속살에 입술을 대어본다

첫 키스의 입술처럼
보드랍고 달콤한 기억이, 잠시
혀끝에 맴돌다 사라진다

어느새 나의 혀도
세월에 곰삭아버렸는가?
언젠가 해안마을 민박집
저녁 식탁에 오른 묵은지가 문득 그립다

운석이 떨어져 파인 구덩이 속에

김장독을 묻고
기억을 봉분처럼 덮어서
유난히 추울 것이라는 올 겨울
가슴살, 아리게 삭히며 지내야겠다

가뭄철 논바닥 같은
마른 혓바닥에도 침 고이게 하는
묵은지 한 포기, 내년에는
재회의 식탁에 올려놓고 싶다.

옥수수를 먹으며

옥수수를 쟁반에 담아 왔다

영월 가는 국도에서 산 찰옥수수다
껍질을 벗긴
알갱이 촘촘한 옥수수가
치맛자락 밑으로 드러난
아내의 종아리처럼
탱탱하고 반질하다
베어 먹는 도톰한 입술이
식욕을 불쑥 일으켜서
허기진 곰처럼 먹는다
급하게 먹다 사레들어
입 밖으로 튀어나온 알갱이들
팔십 년 마음 동여매던 줄 끊어져
방바닥에 흩어지는 염주처럼
건넌방 문틈으로 고개 내미는
야윈 신음소리를 보고
쪼르르, 문지방까지 달려간다

중풍으로 누워 계신 어머니
까칠한 종아리 같은
먹고 난 쭉정이에 살점 붙이려고
토실토실한 종아리에다 문질러 본다

쭉정이를 비닐봉지에 담아 나갔다.

자블라니

철없는 망아지처럼
풀밭을 쫓아다니지만
잡히지 않는 바람의 공

발끝에 닿자마자
헬륨풍선처럼 팅겨 올라
잡을 수 없는 마법의 탄성

드리블 앤 슛!
골문 앞에서
헛발질만 하는
감성 없는 나의 발

텅 빈 골문 속으로
팽이처럼 돌다 넘어지는
고통 없이는 살지 못하는 몸

그물망 밖으로 날아가는

낮달 같은 그녀의 심상
채워지지 않는 빈 그물의 허기

자블라니*!
잡을 수 없는 압축 공기 공,
신의 손을 간구해야겠다.

* 2010년 월드컵 공인 축구공.

딸에게

어느새 떠나려 하느냐?

개나리꽃 피던 날
병아리처럼 아장아장 걷던
너가 아니었느냐?
물미끄럼틀 타면서
둘리처럼 깔깔대며 웃던
너가 아니었느냐?

방패연처럼 얇은 가슴으로
십이월의 찬바람을
어찌 견딜 수 있겠느냐?
수수깡처럼 여린 어깨뼈로
세상의 무거운 짐을
어찌 감당할 수 있겠느냐?

치마저고리를 다림질하던 날
어미는 가시나무새처럼

몇 날 밤 베갯잇을 적시었단다
아비는 괜스레 허전하여
수능 본 날 밤
너랑 함께 걸었던 양재천
둑길을 밤늦게 혼자 걸었단다

이제 떠나려 하느냐?
그러나 언제나 기억하여라

아침 해보다 먼저
아비는 깨어나 있고
부엉이처럼 밤늦도록
잠들지 않고 있다는 것을

세상에서 맨 처음
너를 품어주었던 그날처럼
어미의 날갯죽지는
변함없이 따스하다는 것을.

시작詩作

단어 하나가 생각나지 않아서
턱에 팔을 괴고 사전을 뒤적거리는데
외눈박이 셔츠 소매가 째려본다
단추를 찾으려고
반짇고리가 있는 서랍을 연다
맞는 단추는 보이지 않고
임플란트하려고 발치한
치아 모식도模式圖가 웃고 있다
치열齒列처럼 승용차가 서 있는
비좁은 골목길에
중고품 수집상의 트럭이 서 있다
이빨 빠진 늙은 피아노가
가구들 사이에 쪼그리고 앉아서
한물간 코미디언처럼 웃고 있다
앞니에 붙은 김 조각을 떼어내려고
담배 연기를 훅 창문에 분다
주먹질하다 앞니가 부러져
일그러진 흑백사진의 옛 친구녀석이

유리창 바닥에 퍼질러 앉아 울고 있다
앉은뱅이처럼 하루 종일
알을 품고 앉아 있는 암탉이
뒷마당 닭장 속에서 졸고 있다
쓰다 만 시를 모자라는 자식인 양 끌어안고
잠이나 한숨 자야겠다
해거름 꿈길에서, 잃었던 단어 하나,
단추나 이빨이라도 주울 수 있을는지
모르겠다.

인간 조건의 불안과 고독에 대한 시적 견해

송 희 복(문학평론가)

1

시인 김세영은 내과 의사로서 전문적인 직업인의 삶을 영위해오면서도 2007년에 시 계간지《미네르바》에 시인으로 등단하고 또 첫 시집 『강물은 속으로 흐른다』를 상재하였다. 이번에 다시 상재할 『물구나무서다』는 그의 두 번째 시집이 된다. 이 신작 시집의 세계를 한마디로 요약해 말하자면, 시적인, 내지는 나아가 신화적인 은유 및 상징의 동력이 각별히 느껴지는 언어로 이룩된 것이라고 말할 수 있다. 그의 언어는 이번의 시집에서 친화적이기도 하고 또 섬뜩하기도 하고, 감촉이 허물거리기도 하다가도 또 각질처럼 단단하기도 하다. 모순적이고 양면적인 속성이 잘 어우러져 있는 이 각별한 언어의 장場이 선, 또 다른 저잣거리로 독자들을 인도하고 있다.

2

　그의 신작 시집에서 은유 및 상징의 동력이 느껴지는
언어로 이룩된 것이란, 투사의 상징으로서 벌레, 짐승의
출현이 인간의 일반화된, 원초적이고도 원형적인 공포의
심리 상태를 만들어가고 있다는 것과 관련된다. 그 대표
적인 것으로 시집의 첫머리에 제시하고 있는 「심야의 2
호선」이다. 작중의 화자는 시인 자신의 어떠한 경험이 반
영되어 있는지는 알 수 없으나, 나에게는 막차를 놓치고
술로 밤을 지새우다가 마지막으로 포장마차에서 첫차를
기다리며 하룻밤의 주연酒宴을 갈무리하는 한 취객의 애
깃거리를 극화한 것으로 읽힌다. 그 심야의 2호선은 시의
내용을 미루어볼 때 여명의 직전이 되는 가장 어두운 때
자신의 둥지를 향해 첫차가 질주하는 동선動線이다.

　　밤늦은 귀가歸家
　　흐물흐물한 애벌레처럼
　　창이 벽이 되는 몸체로 들어가
　　땅 속을 달린다

　　꿈의 터널을 뚫는 두더지가
　　어둠의 속살을 헤치는 박쥐로 진화했다는

128

옛 이야기를 창의 진동으로 듣는다

철제 껍데기 속의 번데기가
나비로 우화羽化하는 꿈을 꾸다가
한 생의 목적지를 지나쳐버린다

귀에 익은 정거장의 이름이
다시 한 번 잠을 깨울 때까지
인큐베이터 속의 미숙아처럼
잠 속을 달린다

새로운 새벽의 귀가
전생의 기억들로 가득한 조간을 들고
낯설지 않은 집 앞에서 머뭇거린다.

―「심야의 2호선」 전문

　이 시는 우선 벌레, 짐승으로 변형된 인간의 형상이 다양하게 변주되고 있음이 목도되는 작품이다. 이를테면 애벌레, 두더지, 박쥐, 번데기, 나비로 이어지는 은유적인 원형상징성은 발생론적인 무질서의 상태로 나아가는 언어이며, 마침내 카프카적인 존재론을 연상시키고 있는 언어이다. 그 무질서의 상태는 신화에서 곧잘 제기되어 있는 바, 반수인半獸人의 형상으로 투사되기도 한 원형적 죽음의 출현에 직면하게 된 이른바 근원적인 공포의 심리 상태이기도 하다.

　오늘날은 에스에프 서사 시대라고 할 수 있다. 소설이나 영화를 통해 시간과 꿈은 말할 것도 없고 결국은 양심마저도 조작할 수 있는 시대임을 보여주고 있는 시대라고 할 수 있다. 나 역시 꿈에서 또 다른 인생을 사는 경우가 있었다. 「심야의 2호선」 작중 화자는 꿈속의 꿈을 꾸고 있는 초공상超空想의 세계에 자신을 위치시켜 놓고 있다. 꿈속에는 또 다른 잠의 세상이 존재하고 있다는 느낌이다.

　　　도톰한 입술을 상추에 싸서 먹을 때처럼
　　　입을 짜악 벌려서 식탁 위에 올려놓았다
　　　목젖에다 소시지를 달아 놓으니
　　　그녀의 흰쥐가 살금살금 들어와서 미끼를 덥석 물었다
　　　철커덕 쥐틀의 문이 닫혔다
　　　겁을 먹고 웅크린 등을 혀로 애무해 주었다
　　　비명소리가 간지러운 웃음소리로 바뀐 후에야 방면해
　　주었다

　　　황소개구리처럼 벌린 입을 식탁에 올려놓고
　　　올챙이 한 마리를 목젖에 달아 놓았다

그녀의 물뱀이 둥지 속의 알을 훔치듯이
와락 달려들어 삼켜 버렸다
불룩해진 몸을 혓바닥 위에서 똬리 틀고
나의 입천장을 구석구석 핥았다
간지럼을 참지 못하고 접시 위에 울컥 뱉어 놓았다

　　……(중략)……

나의 목젖이 경련하며 피리소리를 내었다
그녀의 목줄 속의 떨판이 공명을 시작했다
마술피리의, 밤의 여왕처럼
천상의 새처럼, 그녀가 아리아를 불렀다
식탁 위의 흰쥐가 등을 곧추세워 탭댄스를 추고
접시 위의 물뱀이 긴 배를 드러내고 밸리댄스를 추었다
이승에서의 최후의 만찬일지라도 좋았다.
— 「파블로프의 식탁」 부분

　　투사의 상징으로서의 짐승의 출현은 악의 재현에 의한
공포이며, 재난의 상징이다. 카프카의 변신을 연상하게
하는 육신의 공포. 인간의 육신 기능을 허물지 않으면서
도 동물이 되는 존재의 환상성을 보이는 것을 가리킨다.
이 시에서 '그녀의 흰 쥐' 니 '그녀의 물뱀' 이니 하는 것
은 인간으로 변형된 짐승의 형상이거나, 짐승으로 변형

된 인간의 형상이거나, 둘 중의 하나다. 엽기적인 상상력과 에로틱한 판타지가 야릇하게 결합된 이 시는 인간의 보편적인 공포 심리 상태와 무관하지 않은 원형 심상을 잘 보여주고 있다.

시인은 시의 제목을 파블로프식 조건형성이라는 심리 기제에서 따왔다. 공포란 이러한 기제와도 무관하지 않을 것이다. 공포라는 무조건 자극이 공포영화라는 조건 자극을 통해 인간(관객)은 공포감의 조건에 반응되기 때문일 터이다. 마찬가지로, 이 시에서는 나의 목젖에서 나는 피리소리가 무조건 자극에, 그녀의 아리아가 조건 자극에, 흰 쥐의 탭댄스와 물뱀의 밸리댄스가 조건 반응에 해당되지 않나 싶다. 시인이 마주하고 있는 인간의 불안과 공포의 문제는 행동주의 심리학에서 분석 심리학으로 전이한다.

아직도 담배를 피우는 것은
니코틴 중독 때문이 아니다
해마의 둥지, 측두엽을 갉아먹고
두통을 일으키는 기억의 유충들을
태워버리고 싶기 때문이다

허파꽈리 속에
유충의 잿가루가 쌓여

132

시화호의 숭어처럼 숨차하면서도
담배를 빨고 있는 것은
어머니 젖꼭지가 그리운
어른아이이기 때문이다

—「애연가의 변」 부분

인용한 시편 「애연가의 변」에서는 원형 심상의 상징이기보다는 개별적인 비유로서 인간의 근원적인 불안에 의거한 개별적인 심리 상태를 제시한다. 애연가의 맹목적인 담배 빨기—피우기보다는 한결 원초적인 의미를 담고 있는—를 통해 공포에 맞서려고 한다. 분석 심리학에서 말하는 구강기口腔期니 초기 대상관계니 하는 용어에서 보는 것처럼 시인이 말하는 애연가의 잠재된 기억은 의식의 수면 아래로 가라앉아 있다. 기억의 유충으로 은유된 표현과, 시화호의 숭어라는 직유의 표현은 인간(애연가)의 불안과 공포를 개별적으로 잘 적시하고 있는, 일종의 시적인 서술 전략인 것은 두말할 나위도 없다고 할 것이다.

3

김세영의 두 번째 시집 『물구나무서다』에서 나타나는

'섬' 이란 어휘도 각별하게 주목의 대상이 되고 있다. 일종의 상징 주제어로서 주목에 값하고 있는 것이라고나 할까. 섬은 잘 알려진 바대로 긍, 부정적인 양면의 엇갈리는 속성을 지닌 것이다. 잃어버린 낙원에 대한 인간의 꿈이거나, 변방과 유배지, 혹은 유기된 것의 상징에 대한 쓰디쓴 현실로 수용되는 것. 물론 이 시집에선 후자의 것으로 반응하고 있다. 다음의 시편 「바람의 섬」에서의 섬은 의인화의 시적 상관물로 조성된 상징 공간이다. 그래서인지 섬은 인간의 유기체 형상을 닮고 있다. 일종의 생명 현상인 것이다.

풍도는
바람이 만든 섬이다

달포만 바람이 없어도
암석이 계곡의 숨길을 막아
무기폐처럼 쪼그라든 섬은
물 속에 가라앉는다

익사 직전의 섬을
바람은 심폐소생술로
가슴에 바람을 불어넣어
부레처럼 물 위로 다시 띄운다

수중 암초가 되지 않으려고
바람이 떠나지 못하도록
바람의 유혹에 망설이지 않고
풍도는 입술과 가슴을 내어 놓는다

풍랑이 심하여 하룻밤을 묵으면
바람이 사정한 꽃향기에 취하여
섬은 공중부양한다

풍도는
적운積雲 위에 놓인
바람꽃으로 장식한 달의 침상이다.

— 「바람의 섬」 전문

바람에 의해 만들어진 섬이 어디 세상에 있을까. 물론 어디에도 없다. 시인의 상상력에만 존재해 있을 따름이다. 이 시는 그러므로 시인의 상상력이 극대화된 시다. 상상력은 제5연에 이르러 절정에 도달한다. 섬과 수중 암초는 늘 부침의 관계 위에 놓인다. 섬이 수중 암초로 격하되게 하거나 수중 암초가 섬으로 격상되게 하는 것은 인간 의지와 문명의 힘과는 무관하다. 바람이 섬을 조정하고 좌우한다.

이 시에서 풍도는 바람에 의해 만들어진 섬이라기보다 바람이 만든 섬이다. 놀라운 착상이요 참신한 상상력이다. 인간은 풍도처럼 부풀어 오르기도 하고 쪼그라들기도 한다. 격절된 곳에 홀로 놓여 있는 풍도는 인간의 숙명적인 고독의 표상으로 자리하고 있다.

남태평양 투발로에서 소식이 왔어요
"섬이 작아지고 있어요"
"섬이 가라앉고 있어요"

……(중략)……

북태평양 마이도에서 소식을 보냅니다
"마라도에서 이어도 가는 도중,
여기 섬도 작아지고 있어요"
"가라앉고 있어요"

아직 십 년 남짓은
고갱처럼 살 수 있는
조그맣지만 낙원의 섬이지요

부두의 바람개비가 돌아가며
섬의 허벅지살을 샤브샤브처럼

얇게 썰어 바다에 흩뿌려요

언젠가는
살점 모두 잘려나가고
대퇴골만 남은
수중 암초로 남겠지만요
―「섬이 가라앉고 있어요」 부분

얼마 전에 대장암으로 세상을 떠난 한 시인이 투병한 내용의 유고 시집을, 그의 부인이 1주기에 맞추어 간행한 바 있었다. 그는 시집의 부록에 해당하는 투병기 산문에서 말기암 환자의 육신의 극심한 고통을 '존재의 격침'이라고 표현한 바 있었다. 그렇다면 인간이 노화하면서 죽음을 기다린다는 건 하나의 존재의 점진적인 침몰이 아닐까 하고 생각해 본다.

시편 「섬이 가라앉고 있어요」는 인간의 노화에 따른 존재론적인 고독감을 나타낸 것이다. 나는 김세영 시인으로부터 섬의 가라앉음이 자신의 노화를 가리키고 있다는 사실을 전해들은 바 있다. 수면 위로 드러나 있는 섬의 크기는 주어진 생명의 총량이다. 이 시에서 말하는 '마이도'는 현실적으로 존재하지 않는 곳. 자기를 투사한 상상의 섬이다. 마라도에서 이어도 사이에 있는 이 섬은 서서히 작아지고 있다. 시나브로 가라앉고 있다. 섬은 인간의

137

실낙원인 동시에 고독의 표상이다. 이 시에서 섬은 시인의 자기상을 투사하는 것의 은유인 동시에, 존재의 점진적인 소멸을 받아들일 수밖에 없는 운명적인 인간 조건에서 기인한 어쩔 수 없는, 끝내는 치명적인 고독의 은유가 된다는 사실을 잘 드러내고 있다.

이와 같이 유사한 이미지의 시편으로서, 아득한 잠 속에 가라앉는 안면도를 노래한 것인 「일몰에 사무치다」가 있음도 부기하여 둔다.

고비사막 아래쪽 둔덕에
방풍림이 눈썹처럼 서 있다
기압차가 큰 환절기에는
뇌구腦溝에서 잉태된 바람이
모래바람이 되어, 마른 이마를 할퀴어
군발성 두통을 일으킨다
⋯⋯(중략)⋯⋯
적막한 밤에, 스카이 안테나처럼
귀를 곧추세우면 단조短調의 음계를 들을 수 있다
수십 년을 넘게 다녀도 낯설기만 한 길에서
눈물 한 방울도 흘리지 않는
낙타의 발자국 소리일 것이다
건기의 시간이 길어질수록
모래의 살결은 거칠어졌고

사구의 골짜기는 깊어졌다

……(중략)……

낙타의 마른 울음이

불면의 밤을 밝히는 봉화대처럼

베이산〔北山〕 능선에 밤마다 세워졌다.

──「황사 바람 앞에서」 부분

낙타의 발자국 소리, 모래의 거친 살결, 사구의 깊은 골짜기, 불면의 밤을 밝히는 봉화대 등의 수사적인 언어 표현에는 인간의 실존적인 고독의 감정이 짙게 배여 있다. 건조하고 황량한 먼 곳, 촉촉함이 스며들지 않는 낯선 세상……. 이 시는 시각적인 이미지가 선명하지만 이국정조를 최대한 절제하고 있다는 점에서 20세기 전반기에 유행했던 이미지즘 시를 연상케 하는 측면이 있다. 이 시의 배경이 되는 사막은 섬에 다르지 않다. 사막이 유기된 것의 상징이라는 점에서, 황폐하고 낯선 곳의 이것이 격절된 섬의 등가적等價的인 표현이라는 점에서, 사막 역시 섬이다. 결국 시인은 여행지에서도 인간의 고독을 상징하는 원형적인 심상을 얻게 된다.

4

시인 김세영이 의사이기 때문에 병원에서 쓰이는 특수한 말을 적잖이 사용하고 있다. 결막 충혈, 눈물, 코막힘, 콧물, 땀 등의 자율신경증상을 수반하는 심한 두통이라고 설명되어 있는 군발성 두통, 대뇌피질 속 변연계에 있다는 신경세포 다발이라는 해마, 나비가 오지 않는 날에 까닭 모를 외로움으로 나비넥타이를 매어본다는 화자에게 있어서의 퉁퉁 붓는 갑상선, 강직성 직립으로 인한 체중, 위축성 점막에 반흔 조직의 이형성異形性으로 돋아나는 시신경 돌기들, 본태성 어지럼증 등등은 매우 건조하고도 피지컬한 수준의 사이언스 언어이다. 시적인 감성을 자극하는 언어는 아니다. 이를 뒤집어서 말한다면, 그가 시의 새로운 언어를 찾는 데 노력하고 있다는 증좌다.

오랜 강직성 직립으로 체중이 생겨서
머리통이 건기의 물탱크처럼 말라갈 때
알갱이 가라앉은 과즙병을
뒤집어 놓듯 물구나무선다

오줌통을 위로 올리고
염통을 아래로 내리니,
머리통의 물이 시원해지고

눈이 맑아진다
단전의 피가 따듯해지고
하초가 충만해진다

　……(중략)……

물구나무에 매달린 수많은 목어들이
굳었던 지느러미가 우화하는 날개처럼
다시 부풀어 올라 파닥거린다

물구나무는
물푸레나무처럼 싱그럽고
수초처럼 부드러워진다.
── 「물구나무서다」 부분

　　김세영의 시가 보여주는 것은 존재론의 병리학적인 접근이지만 궁극에 있어선 병리학적인 인간 조건을 넘어서는 시적인 존재론의 완성이라고 할 수 있다. 그 실례의 하나가 방금 따왔던 시편 「물구나무서다」인 것이다. 그가 이 시의 표제를 시집의 표제로 삼은 것도 이 때문이 아닌가 하고 짐작해 본다. 물구나무선다는 것은 세상을 기존의 시각, 기성의 논리로 바라보지 않고 거꾸로 보고 뒤집어서 본다는 것. 사물을 다른 각도에서 바라보거나 꿰뚫

어본다는 것은 다름 아닌 시의 논리이다. 논리학이 발상이라면, 시는 발상의 전환, 즉 역발상이 아니겠는가. 굳었던 지느러미가 우화羽化하는 날개처럼 초월하는 것, 승천하는 것이야말로—그의 시편들이 감정의 이입을 차단하는 견고한 단문의 하드보일러 문체처럼 느껴진다고 해도—굳어 있는 논리를 뛰어넘는 시정신의 승리가 아니겠는가.

5

이상의 내용을 요약해 거듭 말하자면, 시집 『물구나무서다』의 시 세계는 다음과 같이 세 가지 정도로 정리될 수 있을 것이다.

첫째, 벌레와 짐승으로 변형된 인간 형상을 투사하는 상징의 언어는 문학 작품에서 소위 악의 재현에 의한 공포이며, 재난의 상징으로 나타나기 십상인데, 이와 관련된 그의 시편들은 인간의 보편적인 공포 심리 상태와 무관하지 않은 원형 심상을 잘 보여주고 있다.

둘째, 그는 자신의 시에서 '섬' 이란 어휘를 각별히 주목하고 있으며, 그래서 나에게 각별하게도 주목의 대상이 되고 있는 바, 일종의 상징 주제어로서 주목에 값하고 있는 이 시어는 변방과 유배지, 혹은 유기된 것의 상징에 대한 쓰디쓴 현실로 수용되고 있으며, 또 다른 시어인 '사막'이란 것도 유기된 것의, 황폐하고 낯선 곳의 상징이요 등가적等價的인 표현이라는 점에서, 사막 역시 섬으로 은유화되면서, 시인은 이를 통해 인간 고독을 상징하는 원형적인 심상을 얻고 있다.

셋째, 그의 시가 보여주는 것은 존재론의 병리학적인 접근이지만 궁극에 있어선 병리학적인 인간 조건을 넘어서는 시적인 존재론의 완성이라고 할 수 있다는 점에서, 그 실례의 하나로 시편 「물구나무서다」를 들 수 있다.

끝으로, 나는 시인 김세영의 시 세계가 시집 『물구나무서다』 이후 더 확장되고 심화될 수 있기를 바란다는 말을 덧붙이면서 이 글을 맺는다.

김세영 시인
1949년 부산에서 태어남. 2007년《미네르바》로 등단.
한국시인협회 회원. 국제펜클럽 한국본부 인권위원.
시산맥시회 부회장, 성균관 의대 외래교수.
시집『강물은 속으로 흐른다』가 있음.
공저『맑은 오늘』,『항아리』,『시로 쓴 유언』,『간이역 간다』
『장수하늘소는 그 산에 산다』,『멀리 가는 밝은 말들』 등이 있음.
《오늘의 한국》에 건강 에세이 연재 중.

물구나무서다
김세영 시집

초판 1쇄 발행일   2012년 11월 20일

지은이 · 김세영
펴낸이 · 김종해
펴낸곳 · 문학세계사
주소 · 서울시 마포구 신수로 59-1(121-110)
대표전화 · 702-1800 | 팩시밀리 · 702-0084
이메일 · mail@msp21.co.kr
www.msp21.co.kr(문학세계사)
www.seein.co.kr(계간 시인세계)
트위터 · @munse_books
출판등록 · 제21-108호(1979. 5. 16)

값 8,000원
ISBN 978-89-7075-556-4   03810

ⓒ 김세영, 2012